CLÁSICOS DE CIENCIA FICCIÓN

EL DIABLO DE LA BOTELLA

Robert Louis Stevenson

PRÓLOGO DE RICARDO MUÑOZ FAJARDO:
EL OTRO STEVENSON

(texto lateral) EL DIABLO DE LA BOTELLA

(texto lateral) ROBERT LOUIS STEVENSON

360

Ciencia Ficción y Fantasía - 131

El diablo de la botella
Primera Edición, julio de 2024

© De esta edición, Libros Mablaz, 2024

Blogs:
Editorial Libros Mablaz
http://editoriallibrosmablazycienciaficcion.blogspot.com.es/
Ciencia ficción y fantasía en Libros Mablaz:
http://mablazlibros.blogspot.com.es/
Introducción a las obras de Libros Mablaz:
http://librosmablazextractos.blogspot.com.es/
Libros Mablaz en Facebook:
https://www.facebook.com/groups/530547690292189/
Tu Librería en Casa:
https://www.facebook.com/TuLibreriaEnCasa
Librería Crisis–Neogénesis:
http://www.todocoleccion.net/neog%C3%A9nesis_vendedorTC

Diseño de cubiertas: Mari Carmen López

ISBN: 978-84-128624-1-6
Depósito Legal: M-16846-2024

LIBROS MABLAZ - 360

El diablo de la botella

Robert Louis Stevenson

PRÓLOGO: EL OTRO STEVENSON

Robert Louis Stevenson, firmante en la mayoría de sus obras como Robert L. Stevenson fue un novelista, cuentista, poeta y ensayista británico que se podía encuadrar en el posromanticismo.

Stevenson se podía encuadrar en el grupo de autores que hicieron de su vida una aventura, tal como hicieron Jack London o Joseph Conrad, que luego relataron como libros de viajes o novelaron como novelas de aventuras o históricas, en las que mantuvieron una evidente influencia de Walter Scott.

Stevenson tiene obras escritas que se han convertido en clásicos de la literatura, como pueden ser *La isla del tesoro*, *Secuestrado*, *La flecha negra*, *El señor de Ballantrae* y la archiconocida *El extraño caso del doctor Jekyll y el señor Hyde*, una de sus obras que más acercan al género de la ciencia ficción, con toques de terror en su argumento.

El diablo de la botella, escrito en el año 1891, es un relato que refleja muy bien la psicología de las personas. La trama trata sobre un hombre que viaja a San Francisco, donde le llama la atención una casa cuyo propietario parece tan triste como asustado. El motivo es que es el poseedor de una botella con un contenido lechoso, en donde vive un demonio rodeado por el fuego del infierno, capaz de conceder cualquier deseo a excepción de la prerrogativa de alargar la vida.

Si se desea poseerla, el dueño de la botella debía cumplir con un requisito imprescindible, que es vender la botella a otra persona antes de morir y a un precio menor del que le había costado a él, o iría al infierno.

Las trapisondas de la botella y sus poseedores son el nudo de la una historia interesantísima, que cuenta con un final inesperado y, al mismo tiempo, el único que podía tener.

Popular

LA BOTELLA
DIABOLICA

20 CTS

POR R.L. STEVENSON

Había un hombre en la isla de Hawái al que llamaré Keawe; porque la verdad es que aún vive y que su nombre debe permanecer secreto, pero su lugar de nacimiento no estaba lejos de Honaunau, donde los huesos de Keawe el Grande yacen escondidos en una cueva. Este hombre era pobre, valiente y activo; leía y escribía tan bien como un maestro de escuela, además era un marinero de primera clase, que había trabajado durante algún tiempo en los vapores de la isla y pilotado un ballenero en la costa de Hamakua. Finalmente, a Keawe se le ocurrió que le gustaría ver el gran mundo y las ciudades extranjeras y se embarcó con rumbo a San Francisco.

San Francisco es una hermosa ciudad, con un excelente puerto y muchas personas adineradas; y, más en concreto, existe en esa ciudad una colina que está cubierta de palacios. Un día, Keawe se paseaba por esta colina con mucho dinero en el bolsillo, contemplando con evidente placer las elegantes casas que se alzaban a ambos lados de la calle. «¡Qué casas tan buenas!» iba pensando, «y ¡qué felices deben de ser las personas que viven en ellas, que no necesitan preocuparse del mañana!». Seguía aún reflexionando sobre esto cuando llegó a la altura de una casa más pequeña que algunas de las otras, pero muy bien acabada y tan bonita como un juguete, los escalones de la entrada brillaban como plata, los bordes del jardín florecían como guirnaldas y las ventanas resplandecían como diamantes. Keawe se detuvo maravillándose de la excelencia de todo. Al pararse se dio cuenta de que un hombre le estaba mirando a través de una ventana tan transparente que Keawe lo veía como se ve a un pez en una cala junto a los arrecifes. Era un hombre maduro, calvo y de barba negra; su rostro tenía una expresión pesarosa y suspiraba amargamente. Lo cierto es que mientras Keawe contemplaba al hombre y el hombre observaba a Keawe, cada uno de ellos envidiaba al otro.

De repente, el hombre sonrió moviendo la cabeza, hizo un gesto a Keawe para que entrara y se reunió con él en la puerta de la casa.

—Es muy hermosa esta casa mía —

dijo el hombre, suspirando amargamente—. ¿No le gustaría ver las habitaciones?

Y así fue como Keawe recorrió con él la casa, desde el sótano hasta el tejado; todo lo que había en ella era perfecto en su estilo y Keawe manifestó gran admiración.

—Esta casa —dijo Keawe— es en verdad muy hermosa; si yo viviera en otra parecida, me pasaría el día riendo. ¿Cómo es posible, entonces, que no haga usted más que suspirar?

—No hay ninguna razón —dijo el hombre— para que no tenga una casa en todo semejante a esta, y aún más hermosa, si así lo desea. Posee usted algún dinero, ¿no es cierto?

—Tengo cincuenta dólares—dijo Keawe—, pero una casa como esta costará más de cincuenta dólares.

El hombre hizo un cálculo.

—Siento que no tenga más —dijo—, porque eso podría causarle problemas en el futuro, pero será suya por cincuenta dólares.

—¿La casa? —preguntó Keawe.

—No, la casa no —replicó el hombre—, la botella. Porque debo decirle que aunque le parezca una persona muy rica y afortunada, todo lo que poseo, y esta casa misma y el jardín, proceden de una botella en la que no cabe mucho más de una pinta. Aquí la tiene usted.

Y abriendo un mueble cerrado con llave, sacó una botella de panza redonda con un cuello muy largo, el cristal era de un color blanco como el de la leche, con cambiantes destellos irisados en su textura. En el interior había algo que se movía confusamente, algo así como una sombra y un fuego.

—Esta es la botella —dijo el hombre, y, cuando Keawe se echó a reír, añadió—: ¿No me cree? Pruebe usted mismo. Trate de romperla.

De manera que Keawe cogió la botella y la estuvo tirando contra el suelo hasta que se cansó; porque rebotaba como una pelota y nada le sucedía.

—Es una cosa bien extraña —dijo Keawe—, porque tanto por su aspecto como al tacto se diría que es de cristal.

—Es de cristal —replicó el hombre, suspirando más hondamente que nunca—, pero de un cristal templado en las llamas del infierno. Un diablo vive en ella y la sombra que vemos moverse es la suya; al menos eso creo yo. Cuando un hombre compra esta botella el diablo se pone a su servicio; todo lo que esa persona desee, amor, fama, dinero, casas como esta o una ciudad como San Francisco, será suyo con sólo pedirlo. Napoleón tuvo esta botella, y gracias a su virtud llegó a ser el rey del mundo; pero la vendió al final y fracasó. El capitán Cook también la tuvo, y por ella descubrió tantas islas; pero también él la vendió, y por eso lo asesinaron en Hawái.

Porque al vender la botella desaparecen el poder y la protección; y a no ser que un hombre esté contento con lo que tiene, acaba por sucederle algo.

—Y sin embargo, ¿habla usted de venderla? —dijo Keawe.

—Tengo todo lo que quiero y me estoy haciendo viejo —respondió el hombre—. Hay una cosa que el diablo de la botella no puede hacer... y es prolongar la vida; y, no sería justo ocultárselo a usted, la botella tiene un inconveniente; porque si un hombre muere antes de venderla, arderá para siempre en el infierno.

—Sí que es un inconveniente, no cabe duda—exclamó Keawe—. Y no quisiera verme mezclado en ese asunto. No me importa demasiado tener una casa, gracias a Dios; pero hay una cosa que sí me importa muchísimo, y es condenarme.

—No vaya usted tan deprisa, amigo mío —contestó el hombre—. Todo lo que tiene que hacer es usar el poder de la botella con moderación, venderla después a alguna otra persona como estoy haciendo yo ahora y terminar su vida cómodamente.

—Pues yo observo dos cosas —dijo

Keawe—. Una es que se pasa usted todo el tiempo suspirando como una doncella enamorada; y la otra que vende usted la botella demasiado barata.

—Ya le he explicado por qué suspiro —dijo el hombre—. Temo que mi salud está empeorando; y, como ha dicho usted mismo, morir e irse al infierno es una desgracia para cualquiera. En cuanto a venderla tan barata, tengo que explicarle una peculiaridad que tiene esta botella. Hace mucho tiempo, cuando Satanás la trajo a la tierra, era extraordinariamente cara, y fue el Preste Juan el primero que la compró por muchos millones de dóla-res; pero sólo puede venderse si se pierde dinero en la transacción. Si se vende por lo mismo que se ha pagado por ella, vuel-ve al anterior propietario como si se tra-tara de una paloma mensajera. De ahí se sigue que el precio haya ido disminuyendo con el paso de los siglos y que ahora la botella resulte francamente barata. Yo se la compré a uno de los ricos propietarios que viven en esta colina y sólo pagué no-venta dólares. Podría venderla hasta por ochenta y nueve dólares y noventa centa-vos, pero ni un céntimo más; de lo contrario la botella volvería a mí. Ahora bien, esto trae consigo dos problemas. Primero, que cuando se ofrece una botella tan singular por ochenta dólares y pico, la gente supone que uno está bromeando. Y segundo..., pero como eso no corre prisa que lo sepa, no hace falta que se lo explique ahora. Recuerde tan sólo que tiene que venderla por moneda acuñada.

—¿Cómo sé que todo eso es verdad? —preguntó Keawe.

—Hay algo que puede usted comprobar inmediata mente—replicó el otro—. Deme sus cincuenta dólares, coja la botella y pida que los cincuenta dólares vuelvan a su bolsillo. Si no sucede así, le doy mi palabra de honor de que consideraré inválido el trato y le devolveré el dinero.

—¿No me está engañando? —dijo Keawe.

El hombre confirmó sus palabras con un solemne juramento.

—Bueno; me arriesgaré a eso —dijo Keawe—, porque no me puede pasar nada malo.

Acto seguido le dio su dinero al

hombre y el hombre le pasó la botella.

—Diablo de la botella —dijo Keawe—, quiero recobrar mis cincuenta dólares.

Y, efectivamente, apenas había terminado la frase cuando su bolsillo pesaba ya lo mismo que antes.

—No hay duda de que es una botella maravillosa —dijo Keawe.

—Y ahora muy buenos días, mi querido amigo, ¡que el diablo le acompañe!— dijo el hombre.

—Un momento—dijo Keawe—, yo ya me he divertido bastante. Tenga su bo-

26

tella.

—La ha comprado usted por menos de lo que yo pagué —replicó el hombre, frotándose las manos—. La botella es completamente suya; y, por mi parte, lo único que deseo es perderlo de vista cuanto antes.

Con lo que llamó a su criado chino e hizo que acompañará a Keawe hasta la puerta.

Cuando Keawe se encontró en la calle con la botella bajo el brazo, empezó a pensar. «Si es verdad todo lo que me han dicho de esta botella, puede que haya hecho un pésimo negocio», se dijo a sí mismo. «Pero quizá ese hombre me haya engañado.» Lo primero que hizo fue contar el dinero, la suma era exacta: cuarenta y nueve dólares en moneda americana y una pieza de Chile. «Parece que eso es verdad», se dijo Keawe. «Veamos otro punto.» Las calles de aquella parte de la ciudad estaban tan limpias como las cubiertas de un barco, y aunque era mediodía, tampoco se veía ningún pasajero. Keawe puso la botella en una alcantarilla y se alejó. Dos veces miró para atrás, y allí estaba la botella de color lechoso y panza redonda, en el sitio donde la había dejado. Miró por tercera vez y después dobló una esquina; pero apenas lo había hecho cuando algo le golpeó el codo, y ¡no era otra cosa que el largo cuello de la botella! En cuanto a la redonda panza, estaba bien encajada en el bolsillo de su chaqueta de piloto.

—Parece que también esto es verdad —dijo Keawe.

La siguiente cosa que hizo fue comprar un sacacorchos en una tienda y retirarse a un sitio oculto en medio del campo. Una vez allí intentó sacar el corcho, pero cada vez que lo intentaba la espiral salía otra vez y el corcho seguía tan entero como al empezar.

—Este corcho es distinto de todos los demás —dijo Keawe, e inmediatamente empezó a temblar y a sudar, porque la botella le daba miedo.

Camino del puerto vio una tienda donde un hombre vendía conchas y mazas de islas salvajes, viejas imágenes de dioses paganos, monedas antiguas, pinturas de China y Japón y todas esas cosas que los marineros llevan en sus baúles. En seguida se le ocurrió una idea. Entró y le ofreció la botella al dueño por cien dólares. El otro se rió de él al principio, y le ofreció cinco; pero, en realidad, la botella era muy curiosa: ninguna boca humana había soplado nunca un vidrio como aquél, ni cabía imaginar unos colores más bonitos que los que brillaban bajo su blanco lechoso, ni una sombra más extraña que la que daba vueltas en su centro; de manera que, después de regatear durante un rato a la manera de los de su profesión, el dueño de la tienda le compró la botella a Keawe por sesenta dólares y la colocó en un estante en el centro del escaparate.

—Ahora —dijo Keawe— he vendido por sesenta dólares lo que compré por cincuenta o, para ser más exactos, por un poco menos, porque uno de mis dólares venía de Chile. En seguida averiguaré la verdad sobre otro punto.

Así que volvió a su barco y, cuando abrió su baúl, allí estaba la botella, que había llegado antes que él.

En aquel barco Keawe tenía un compañero que se llamaba Lopaka.

—¿Qué te sucede —le preguntó Lopaka— que miras el baúl tan fijamente?

Estaban solos en el castillo de proa. Keawe le hizo prometer que guardaría el secreto y se lo contó todo.

—Es un asunto muy extraño—dijo Lopaka—, y me temo que vas a tener dificultades con esa botella. Pero una cosa está muy clara: puesto que tienes asegurados los problemas, será mejor que obtengas también los beneficios. Decide qué es lo que deseas; da la orden y si resulta tal como quieres, yo mismo te compraré la botella porque a mí me gustaría tener un velero y dedicarme a comerciar entre las islas.

—No es eso lo que me interesa —dijo Keawe—. Quiero una hermosa casa y un jardín en la costa de Kona donde nací; y quiero que brille el sol sobre la puerta, y que haya flores en el jardín, cristales en las ventanas, cuadros en las paredes, y adornos y tapetes de telas muy finas sobre las mesas, exactamente igual que la casa donde estuve hoy; sólo que un piso más alta y con balcones alrededor, como en el palacio del rey; y que pueda vivir allí sin preocupaciones de ninguna clase y divertirme con mis amigos y parientes.

—Bien—dijo Lopaka—, volvamos con la botella a Hawái; y si todo resulta verdad, como tú supones, te compraré la botella, como ya he dicho, y pediré una goleta.

Quedaron de acuerdo en esto y antes de que pasara mucho tiempo el barco regresó a Honolulu, llevando consigo a Keawe, a Lopaka y a la botella. Apenas habían desembarcado cuando encontraron en la playa a un amigo que inmediatamente empezó a dar el pésame a Keawe.

—No sé por qué me estás dando el pésame—dijo Keawe.

—¿Es posible que no te hayas enterado —dijo el amigo— de que tu tío, aquel hombre tan bueno, ha muerto; y de que tu primo, aquel muchacho tan bien parecido, se ha ahogado en el mar? Keawe lo sintió mucho y al ponerse a llorar y a lamentarse, se olvidó de la botella.

Pero Lopaka estuvo reflexionando y cuando su amigo se calmó un poco, le habló así:

—¿No es cierto que tu tío tenía tierras en Hawái, en el distrito de Kaü?

—No —dijo Keawe—; en Kaü no: están en la zona de las montañas, un poco al sur de Hookena.

—Esas tierras, ¿pasarán a ser tuyas? —preguntó Lopaka.

—Así es —dijo Keawe, y empezó otra vez a llorar la muerte de sus familiares.

—No —dijo Lopaka—; no te lamentes ahora. Se me ocurre una cosa. ¿Y si todo esto fuera obra de la botella? Porque ya tienes preparado el sitio para hacer la casa.

—Si es así —exclamó Keawe—, la

botella me hace un flaco servicio matando a mis parientes. Pero puede que sea cierto, porque fue en un sitio así donde vi la casa con la imaginación.

—La casa, sin embargo, todavía no está construida —dijo Lopaka.

—¡Y probablemente no lo estará nunca! —dijo Keawe—, porque si bien mi tío tenía algo de café, *ava*[1] y plátanos, no será más que lo justo para que yo viva cómodamente; y el resto de esa tierra es de lava negra.

—Vayamos al abogado—dijo Lopa-

---

[1] ¿Se refiere al haba?

ka—. Porque yo sigo pensando lo mismo.

Al hablar con el abogado se enteraron de que el tío de Keawe se había hecho enormemente rico en los últimos días y que le dejaba dinero en abundancia.

—¡Ya tienes el dinero para la casa! —exclamó Lopaka.

—Si está usted pensando en construir una casa —dijo el abogado—, aquí está la tarjeta de un arquitecto nuevo del que me cuentan grandes cosas.

—¡Cada vez mejor! —exclamó Lopaka—. Está todo muy claro. Sigamos obedeciendo órdenes.

De manera que fueron a ver al arquitecto, que tenía diferentes proyectos de casas sobre la mesa.

—Usted desea algo fuera de lo corriente—dijo el arquitecto—. ¿Qué le parece esto?

Y le pasó a Keawe uno de los dibujos.

Cuando Keawe lo vio, dejó escapar una exclamación, porque representaba exactamente lo que él había visto con la imaginación.

«Esta es la casa que quiero», pensó Keawe. «A pesar de lo poco que me gusta cómo viene a parar a mis manos, esta es la casa, y más vale que acepte lo bueno junto con lo malo.»

De manera que le dijo al arquitecto todo lo que quería, y cómo deseaba amueblar la casa, y los cuadros que había que poner en las paredes y las figuritas para las mesas; y luego le preguntó sin rodeos cuánto le llevaría por hacerlo todo.

El arquitecto le hizo muchas preguntas, cogió la pluma e hizo un cálculo; y al terminar pidió exactamente la suma que Keawe había heredado.

Lopaka y Keawe se miraron el uno

al otro y asintieron con la cabeza.

«Está bien claro», pensó Keawe, «que voy a tener esta casa, tanto si quiero como si no. Viene del diablo y temo que nada bueno salga de ello; y si de algo estoy seguro es de que no voy a formular más deseos mientras siga teniendo esta botella. Pero de la casa ya no me puedo librar y más valdrá que acepte lo bueno junto con lo malo.» De manera que llegó a un acuerdo con el arquitecto y firmaron un documento.

Keawe y Lopaka se embarcaron otra vez camino de Australia; porque habían decidido entre ellos que no intervendrían en absoluto, y dejarían que el arquitecto y el diablo de la botella construyeran y decoraran aquella casa como mejor les pareciese.

El viaje fue bueno, aunque Keawe estuvo todo el tiempo conteniendo la respiración, porque había jurado que no formularía más deseos, ni recibiría más favores del diablo. Se había cumplido ya el plazo cuando regresaron. El arquitecto les dijo que la casa estaba lista y Keawe y Lopaka tomaron pasaje en el *hall* camino de Kona para ver la casa y comprobar si todo se había hecho exactamente de acuerdo con la idea que Keawe tenía en la cabeza.

La casa se alzaba en la falda del monte y era visible desde el mar. Por encima, el bosque seguía subiendo hasta las nubes que traían la lluvia; por debajo, la lava negra descendía en riscos donde estaban enterrados los reyes de antaño. Un jardín florecía alrededor de la casa con flores de todos los colores; había un huerto de papayas a un lado y otro de árboles del pan en el lado opuesto; por delante, mirando al mar, habían plantado el mástil de un barco con una bandera. En cuanto a la casa, era de tres pisos, con amplias habitaciones y balcones muy anchos en los tres. Las ventanas eran de excelente cristal, tan claro como el agua y tan brillante como un día soleado. Muebles de todas clases adornaban las habitaciones. De las paredes colgaban cuadros con marcos dorados: pinturas de barcos, de hombres luchando, de las mujeres más hermosas y de los sitios más singulares; no hay en ningún lugar del mundo pinturas con colores tan brillantes como las que Keawe encontró colgadas de las paredes de su casa. En cuanto a los otros objetos de adorno, eran de extraordinaria calidad, relojes con carillón y cajas de música, hombrecillos que movían la cabeza, libros llenos de ilustraciones, armas muy valiosas de todos los rincones del mundo, y los rompecabezas más elegantes para entretener los ocios de un hombre solitario. Y como nadie querría vivir en semejantes habitaciones, tan sólo pasar por ellas y contemplarlas, los balcones eran tan amplios que un pueblo entero hubiera podido vivir en ellos sin el menor agobio; y Keawe no sabía qué era lo que más le gustaba: si el porche de atrás, a donde llegaba la brisa procedente de la tierra y se podían ver los huertos y las flores, o el balcón delantero, donde se podía beber el viento del mar, contemplar la empinada ladera de la montaña y ver al *Hall* yendo una vez por semana aproximadamente entre Hookena y las colinas de Pele, o a las goletas siguiendo la costa para recoger cargamentos de madera, de ava y de plátanos.

Después de verlo todo, Keawe y Lopaka se sentaron en el porche.

—Bien —preguntó Lopaka—, ¿está todo tal como lo habías planeado?

—No hay palabras para expresarlo —contestó Keawe—. Es mejor de lo que había soñado y estoy que reviento de satisfacción.

—Sólo queda una cosa por considerar —dijo Lopaka—; todo esto puede haber sucedido de manera perfectamente natural, sin que el diablo de la botella haya tenido nada que ver. Si comprara la botella y me quedara sin la goleta, habría puesto la mano en el fuego para nada. Te di mi palabra, lo sé; pero creo que no deberías negarme una prueba más.

—He jurado que no aceptaré más favores —dijo Keawe—. Creo que ya estoy suficientemente comprometido.

—No pensaba en un favor —replicó Lopaka—. Quisiera ver yo mismo al diablo de la botella. No hay ninguna ventaja en ello y por tanto tampoco hay nada de qué avergonzarse; sin embargo, si llego a verlo una vez, quedaré convencido del todo.

Así que accede a mi deseo y déjame ver al diablo; el dinero lo tengo aquí mismo y después de eso te compraré la botella.

—Sólo hay una cosa que me da miedo—dijo Keawe—. El diablo puede ser una cosa horrible de ver; y si le pones ojo encima quizá no tengas ya ninguna gana de quedarte con la botella.

—Soy una persona de palabra —dijo Lopaka—. Y aquí dejo el dinero, entre los dos.

—Muy bien —replicó Keawe—. Yo también siento curiosidad. De manera que, vamos a ver: déjenos mirarlo, señor Diablo.

Tan pronto como lo dijo, el diablo salió de la botella y volvió a meterse, tan rápido como un lagarto; Keawe y Lopaka quedaron petrificados. Se hizo completamente de noche antes de que a cualquiera de los dos se le ocurriera algo que decir o hallaran la voz para decirlo; luego Lopaka empujó el dinero hacia Keawe y recogió la botella.

—Soy hombre de palabra —dijo—, y bien puedes creerlo, porque de lo contrario no tocaría esta botella ni con el pie.

Bien, conseguiré mi goleta y unos dólares para el bolsillo; luego me desharé de este demonio tan pronto como pueda. Porque, si tengo que decirte la verdad, verlo me ha dejado muy abatido.

—Lopaka—dijo Keawe—, procura no pensar demasiado mal de mí; sé que es de noche, que los caminos están mal y que el desfiladero junto a las tumbas no es un buen sitio para cruzarlo tan tarde, pero confieso que desde que he visto el rostro de ese diablo, no podré comer ni dormir ni rezar hasta que te lo hayas llevado. Voy a darte una linterna, una cesta para poner la botella y cualquier cuadro o adorno de casa que te guste; después quiero que marches inmediatamente y vayas a dormir a Hookena con Nahinu.

—Keawe —dijo Lopaka—, muchos hombres se enfadarían por una cosa así; sobre todo después de hacerte un favor tan grande como es mantener la palabra y comprar la botella, y en cuanto a ser de noche, a la oscuridad y al camino junto a las tumbas, todas esas circunstancias tienen que ser diez veces más peligrosas para un hombre con semejante pecado sobre su conciencia y una botella como esta bajo el brazo. Pero como yo también estoy muy asustado, no me siento capaz de acusarte. Me iré ahora mismo; y le pido a Dios que seas feliz en tu casa y yo afortunado con mi goleta, y que los dos vayamos al cielo al final a pesar del demonio y de su botella.

De manera que Lopaka bajó de la montaña; Keawe, por su parte, salió al balcón delantero; estuvo escuchando el ruido de las herraduras y vio la luz de la linterna cuando Lopaka pasaba junto al risco donde están las tumbas de otras épocas; durante todo el tiempo Keawe temblaba, se retorcía las manos y rezaba por su amigo, dando gracias a Dios por haber escapado él mismo de aquel peligro.

Pero al día siguiente hizo un tiempo muy hermoso y la casa nueva era tan agradable que Keawe se olvidó de sus terrores. Fueron pasando los días y Keawe vivía allí en perpetua alegría. Le gustaba sentarse en el porche de atrás; allí comía, reposaba y leía las historias que contaban los periódicos de Honolulu; pero cuando llegaba alguien a verle, entraba en la casa para enseñarle las habitaciones y los cuadros. Y la fama de la casa se extendió por todas partes; la llamaban *Ka-Hale Nui* — la Casa Grande— en todo Kona; y a veces la Casa Resplandeciente, porque Keawe tenía a su servicio a un chino que se pasaba todo el día limpiando el polvo y bruñendo los metales; y el cristal, y los dorados, y las telas finas y los cuadros brillaban tanto como una mañana soleada. En cuanto a Keawe mismo, se le ensanchaba tanto el corazón con la casa que no podía pasear por las habitaciones sin ponerse a cantar; y cuando aparecía algún barco en el mar, izaba su estandarte en el mástil.

Así iba pasando el tiempo, hasta que un día Keawe fue a Kailua para visitar a uno de sus amigos. Le hicieron un gran agasajo, pero él se marchó lo antes que pudo a la mañana siguiente y cabalgó muy deprisa, porque estaba impaciente por ver de nuevo su hermosa casa; y, además, la noche de aquel día era la noche en que los muertos de antaño salen por los alrededores de Kona; y el haber tenido ya tratos con el demonio hacía que Keawe tuviera muy pocos deseos de tropezarse con los muertos. Un poco más allá de Honaunau, al mirar a lo lejos, advirtió la presencia de una mujer que se bañaba a la orilla del mar; parecía una muchacha bien desarrollada, pero Keawe no pensó mucho en ello. Luego vio ondear su camisa blanca mientras se la ponía, y después su *holoku*[2] rojo; cuando Keawe llegó a su altura la

2 Vestido hawaiano.

joven había terminado de arreglarse y, alejándose del mar, se había colocado junto al camino con su *holoku* rojo; el baño la había revigorizado y los ojos le brillaban, llenos de amabilidad. Nada más verla Keawe tiró de las riendas a su caballo.

—Creía conocer a todo el mundo en esta zona —dijo él. ¿Cómo es que a ti no te conozco?

—Soy Kokua, hija de Kiano —respondió la muchacha—, y acabo de regresar de Oahu. ¿Quién es usted?

—Te lo diré dentro de un poco —

dijo Keawe, desmontando del caballo—,

pero no ahora mismo. Porque tengo una idea y si te dijera quién soy, como es posible que hayas oído hablar de mí, quizá al preguntarte no me dieras una respuesta sincera. Pero antes de nada dime una cosa: ¿estás casada?

Al oír esto Kokua se echó a reír.

—Parece que es usted quien hace todas las preguntas —dijo ella—. Y usted, ¿está casado?

—No, Kokua, desde luego que no —replicó Keawe—, y nunca he pensado en casarme hasta este momento. Pero voy a decirte la verdad. Te he encontrado aquí junto al camino y al ver tus ojos que son como estrellas mi corazón se ha ido tras de ti tan veloz como un pájaro. De manera que si ahora no quieres saber nada de mí, dilo, y me iré a mi casa; pero si no te parezco peor que cualquier otro joven, dilo también, y me desviaré para pasar la noche en casa de tu padre y mañana hablaré con él.

Kokua no dijo una palabra, pero miró hacia el mar y se echó a reír.

—Kokua —dijo Keawe—, si no dices nada, consideraré que tu silencio es

una respuesta favorable; así que pongámonos en camino hacia la casa de tu padre.

Ella fue delante de él sin decir nada;
sólo de vez en cuando miraba para atrás y
luego volvía a apartar la vista; y todo el
tiempo llevaba en la boca las cintas del
sombrero.

Cuando llegaron a la puerta, Kiano
salió a la veranda y dio la bienvenida a
Keawe llamándolo por su nombre. Al oír-
lo la muchacha se lo quedó mirando, porque la fama de la gran casa había llegado
a sus oídos; y no hace falta decir que era

una gran tentación. Pasaron todos juntos la velada muy alegremente; y la muchacha se mostró muy descarada en presencia de sus padres y estuvo burlándose de Keawe porque tenía un ingenio muy vivo. Al día siguiente Keawe habló con Kiano y después tuvo ocasión de quedarse a solas con la muchacha.

—Kokua —dijo él—, ayer estuviste burlándote de mí durante toda la velada; y todavía estás a tiempo de despedirme. No quise decirte quién era porque tengo una casa muy hermosa y temía que pensaras demasiado en la casa y muy poco en el hombre que te ama. Ahora ya lo sabes todo, y si no quieres volver a verme, dilo cuanto antes.

—No —dijo Kokua; pero esta vez no se echó a reír ni Keawe le preguntó nada más.

Así fue el noviazgo de Keawe; las cosas sucedieron deprisa; pero aunque una flecha vaya muy veloz y la bala de un rifle todavía más rápida, las dos pueden dar en el blanco. Las cosas habían ido deprisa pero también habían ido lejos y el recuerdo de Keawe llenaba la imaginación de la muchacha; Kokua escuchaba su voz al romperse las olas contra la lava de la playa, y por aquel joven que sólo había visto dos veces hubiera dejado padre y madre y sus islas nativas. En cuanto a Keawe, su caballo voló por el camino de la montaña bajo el risco donde estaban las tumbas, y el sonido de los cascos y la voz de Keawe cantando, lleno de alegría, despertaban al eco en las cavernas de los muertos. Cuando llegó a la Casa Resplandeciente todavía seguía cantando. Se sentó y comió en el amplio balcón y el chino se admiró de que su amo continuara cantando entre bocado y bocado. El sol se ocultó tras el mar y llegó la noche; y Keawe estuvo paseándose por los balcones a la luz de las lámparas en lo alto de la montaña y sus cantos sobresaltaban a las tripulaciones de los barcos que cruzaban por el mar.

«Aquí estoy ahora, en este sitio mío tan elevado», se dijo a sí mismo. «La vida no puede irme mejor; me hallo en lo alto de la montaña; a mi alrededor, todo lo demás desciende. Por primera vez iluminaré todas las habitaciones, usaré mi bañera con agua caliente y fría y dormiré solo en el lecho de la cámara nupcial.»

De manera que el criado chino tuvo

que levantarse y encender las calderas; y mientras trabajaba en el sótano oía a su amo cantando alegremente en las habitaciones iluminadas. Cuando el agua empezó a estar caliente el criado chino se lo advirtió a Keawe con un grito; Keawe entró en el cuarto de baño; y el criado chino le oyó cantar mientras la bañera de mármol se llenaba de agua; y le oyó cantar también mientras se desnudaba; hasta que, de repente, el canto cesó. El criado chino estuvo escuchando largo rato, luego alzó la voz para preguntarle a Keawe si toda iba bien, y Keawe le respondió «Sí», y le mandó que se fuera a la cama, pero ya no se oyó cantar más en la Casa Resplandeciente; y durante toda la noche, el criado chino estuvo oyendo a su amo pasear sin descanso por los balcones.

Lo que había ocurrido era esto: mientras Keawe se desnudaba para bañarse, descubrió en su cuerpo una mancha semejante a la sombra del liquen sobre una roca, y fue entonces cuando dejó de cantar. Porque había visto otras manchas parecidas y supo que estaba atacado del Mal Chino: la lepra.

Es bien triste para cualquiera padecer esa enfermedad. Y también sería muy triste para cualquiera abandonar una casa tan hermosa y tan cómoda y separarse de todos sus amigos para ir a la costa norte de Molokai, entre enormes farallones y rompientes. Pero ¿qué es eso comparado con la situación de Keawe, que había encontrado su amor un día antes y lo había conquistado aquella misma mañana, y que veía ahora quebrantarse todas sus esperanzas en un momento, como se quiebra un trozo de cristal?

Estuvo un rato sentado en el borde de la bañera, luego se levantó de un salto

dejando escapar un grito y corrió afuera;
y empezó a andar por el balcón, de un lado a otro, como alguien que está desespe-
rado.

«No me importaría dejar Hawái, el
hogar de mis antepasados», se decía Keawe. Sin gran pesar abandonaría mi casa,
la de las muchas ventanas, situada tan en
lo alto, aquí en las montañas. No me fal-
taría valor para ir a Molokai, a Kalaupapa
junto a los farallones, para vivir con los
leprosos y dormir allí, lejos de mis antepasados. Pero ¿qué agravio he cometido,
qué pecado pesa sobre mi alma, para que

haya tenido que encontrar a Kokua cuando salía del mar a la caída de la tarde? ¡Kokua, la que me ha robado el alma! ¡Kokua, la luz de mi vida! Quizá nunca llegue a casarme con ella, quizá nunca más vuelva a verla ni a acariciarla con mano amorosa, esa es la razón, Kokua, ¡por ti me lamento!»

Tienen ustedes que fijarse en la clase de hombre que era Keawe, ya que podría haber vivido durante años en la Casa Resplandeciente sin que nadie llegara a sospechar que estaba enfermo; pero a eso no le daba importancia si tenía que perder a Kokua. Hubiera podido incluso casarse con Kokua y muchos lo hubieran hecho, porque tienen alma de cerdo; pero Keawe amaba a la doncella con amor varonil, y no estaba dispuesto a causarle ningún daño ni a exponerla a ningún peligro.

Algo después de la media noche se acordó de la botella. Salió al porche y recordó el día en que el diablo se había mostrado ante sus ojos; y aquel pensamiento hizo que se le helara la sangre en las venas.

«Esa botella es una cosa horrible», pensó Keawe, «el diablo también es una cosa horrible y aún más horrible es la posibilidad de arder para siempre en las llamas del infierno. Pero ¿qué otra posibilidad tengo de llegar a curarme o de casarme con Kokua? ¡Cómo! ¿Fui capaz de desafiar al demonio para conseguir una casa y no voy a enfrentarme con él para recobrar a Kokua?».

Entonces recordó que al día siguiente el *hall* iniciaba su viaje de regreso a Honolulu.

«Primero tengo que ir allí», pensó, «y ver a Lopaka. Porque lo mejor que me puede suceder ahora es que encuentre la botella que tantas ganas tenía de perder de vista.» No pudo dormir ni un solo momento; también la comida se le atragantaba; pero mandó una carta a Kiano, y cuando se acercaba la hora de la llegada del vapor, se puso en camino y cruzó por delante del risco donde estaban las tumbas. Llovía; su caballo avanzaba con dificultad; Keawe contempló las negras bocas de las cuevas y envidió a los muertos que dormían en su interior, libres ya de dificultades; y recordó cómo había pasado por allí al galope el día anterior y se sintió lleno de asombro.

Finalmente llego a Hookena y, como de costumbre, todo el mundo se había reunido para esperar la llegada del vapor. En el cobertizo delante del almacén estaban todos sentados, bromeando y contándose las novedades; pero Keawe no sentía el menor deseo de hablar y permaneció en medio de ellos contemplando la lluvia que caía sobre las casas, y las olas que estallaban entre las rocas, mientras los suspiros se acumulaban en su garganta.

—Keawe, el de la Casa Resplandeciente, está muy abatido —se decían unos a otros.

Así era, en efecto, y no tenía nada de extraordinario.

Luego llegó el *hall* y la gasolinera lo llevó a bordo. La parte posterior del barco estaba llena de *haoles* (blancos) que habían ido a visitar el volcán como tienen por costumbre; en el centro se amontonaban los *kanakas,* y en la parte delantera viajaban toros de Hilo y caballos de Kaü; pero Keawe se sentó lejos de todos, hundido en su dolor, con la esperanza de ver desde el barco la casa de Kiano.

Finalmente la divisó, junto a la orilla, sobre las rocas negras, a la sombra de

77

las palmeras; cerca de la puerta se veía un *holoku* rojo no mayor que una mosca y que revoloteaba tan atareado como una mosca. «¡Ah, reina de mi corazón», exclamó Keawe para sí, «arriesgaré mi alma para recobrarte!»

Poco después, al caer la noche, se encendieron las luces de las cabinas y los *haoles* se reunieron para jugar a las cartas y beber whisky como tienen por costumbre; pero Keawe estuvo paseando por cubierta toda la noche. Y todo el día siguiente, mientras navegaban a sotavento de Maui y de Molokai, Keawe seguía dando vueltas de un lado para otro como un animal salvaje dentro de una jaula.

Al caer la tarde pasaron Diamond Head y llegaron al muelle de Honolulu. Keawe bajó en seguida a tierra y empezó a preguntar por Lopaka. Al parecer se había convertido en propietario de una goleta —no había otra mejor en las islas— y se había marchado muy lejos en busca de aventuras, quizá hasta Pola-Pola, de manera que no cabía esperar ayuda por ese lado. Keawe se acordó de un amigo de Lopaka, un abogado que vivía en la ciudad (no debo decir su nombre), y preguntó por él. Le dijeron que se había hecho rico de repente y que tenía una casa nueva y muy hermosa en la orilla de Waikiki; esto dio que pensar a Keawe, e inmediatamente alquiló un coche y se dirigió a casa del abogado.

La casa era muy nueva y los árboles del jardín apenas mayores que bastones; el abogado, cuando salió a recibirle, parecía un hombre satisfecho de la vida.

—¿Qué puedo hacer por usted? — dijo el abogado.

—Usted es amigo de Lopaka —replicó Keawe—, y Lopaka me compró un objeto que quizá usted pueda ayudarme a localizar.

El rostro del abogado se ensombreció.

—No voy a fingir que ignoro de qué me habla, míster Keawe —dijo—, aunque se trata de un asunto muy desagradable que no conviene remover. No puedo darle ninguna seguridad, pero me imagino que si va usted a cierto barrio quizá consiga averiguar algo.

A continuación le dio el nombre de una persona que también en este caso será mejor no repetirlo. Esto sucedió durante varios días, y Keawe fue conociendo a diferentes personas y encontrando en todas partes ropas y coches recién estrenados, y casas nuevas muy hermosas y hombres muy satisfechos aunque, claro está, cuando alguien aludía al motivo de su visita, sus rostros se ensombrecían.

«No hay duda de que estoy en el buen camino», pensaba Keawe. «Esos trajes nuevos y esos coches son otros tantos regalos del demonio de la botella, y esos rostros satisfechos son los rostros de personas que han conseguido lo que deseaban y han podido librarse después de ese maldito recipiente. Cuando vea mejillas sin color y oiga suspiros, sabré que estoy cerca de la botella.»

Sucedió que finalmente le recomendaron que fuera a ver a un *haole* en Beritania Street. Cuando llegó a la puerta, alrededor de la hora de la cena, Keawe se encontró con los típicos indicios: nueva casa, jardín recién plantado y luz eléctrica tras las ventanas; y cuando apareció el dueño un escalofrío de esperanza y de miedo recorrió el cuerpo de Keawe, porque tenía delante de él a un hombre joven tan pálido como un cadáver, con marcadísimas ojeras, prematuramente calvo y con la expresión de un hombre en capilla.

«Tiene que estar aquí, no hay duda», pensó Keawe, y a aquel hombre no le ocultó en absoluto cuál era su verdadero propósito.

—He venido a comprar la botella —dijo.

Al oír aquellas palabras el joven *haole* de Beritania Street tuvo que apoyarse contra la pared.

—¡La botella! —susurró—. ¡Comprar la botella! Dio la impresión de que estaba a punto de desmayarse y, cogiendo a Keawe por el brazo, lo llevó a una habitación y escanció dos vasos de vino.

—A su salud —dijo Keawe, que había pasado mucho tiempo con *haoles* en su época de marinero—. Sí —añadió—, he venido a comprar la botella. ¿Cuál es el precio que tiene ahora?

Al oír esto al joven se le escapó el vaso de entre los dedos y miró a Keawe como si fuera un fantasma.

—El precio —dijo—. ¡El precio! ¿No

sabe usted cuál es el precio?

—Por eso se lo pregunto —replicó Keawe—. Pero ¿qué es lo que tanto le preocupa? ¿Qué sucede con el precio?

—La botella ha disminuido mucho de valor desde que usted la compró, Mr. Keawe —dijo el joven tartamudeando.

—Bien, bien; así tendré que pagar menos por ella —dijo Keawe—. ¿Cuánto le costó a usted?

El joven estaba tan blanco como el papel.

—Dos centavos—dijo.

—¿Cómo? —exclamó Keawe—, ¿dos centavos? Entonces, usted sólo puede venderla por uno. Y el que la compre... — Keawe no pudo terminar la frase; el que comprara la botella no podría venderla nunca y la botella y el diablo de la botella se quedarían con él hasta su muerte, y cuando muriera se encargarían de llevarlo a las llamas del infierno.

El joven de Beritania Street se puso de rodillas.

—¡Cómprela, por el amor de Dios! —exclamó—. Puede quedarse también con toda mi fortuna. Estaba loco cuando la compré a ese precio. Había malversado fondos en el almacén donde trabajaba; si no lo hacía estaba perdido; hubiera acabado en la cárcel.

—Pobre criatura —dijo Keawe—; fue usted capaz de arriesgar su alma en una aventura tan desesperada, para evitar el castigo por su deshonra, ¿y cree que yo voy a dudar cuando es el amor lo que tengo delante de mí? Tráigame la botella y el cambio que sin duda tiene ya preparado. Es preciso que me dé la vuelta de estos cinco centavos.

Keawe no se había equivocado; el

joven tenía las cuatro monedas en un cajón; la botella cambió de manos y tan pronto como los dedos de Keawe rodearon su cuello le susurró que deseaba quedar limpio de la enfermedad Y, efectivamente, cuando se desnudó delante de un espejo en la habitación del hotel, su piel estaba tan sonrosada como la de un niño. Pero lo más extraño fue que inmediatamente se operó una transformación dentro de él y el Mal Chino le importaba muy poco y tampoco sentía interés por Kokua; no pensaba más que en una cosa: que estaba ligado al diablo de la botella para toda la eternidad y no le quedaba otra esperanza que la de ser para siempre una pavesa en las llamas del infierno. En cualquier caso, las veía ya brillar delante de él con los ojos de la imaginación; su alma se encogió y la luz se convirtió en tinieblas.

Cuando Keawe se recuperó un poco, se dio cuenta de que era la noche en que tocaba una orquesta en el hotel. Bajó a oírla porque temía quedarse solo; y allí, entre caras alegres, paseó de un lado para otro, escuchó las melodías y vio a Berger llevando el compás; pero todo el tiempo oía crepitar las llamas y veía un fuego muy vivo ardiendo en el pozo sin fondo del infierno. De repente la orquesta tocó *Hiki-aoao,* una canción que él había cantado con Kokua, y aquellos acordes le devolvieron el valor.

«Ya está hecho», pensó, «y una vez más tendré que aceptar lo bueno junto con lo malo.»

Keawe regresó a Hawái en el primer vapor y tan pronto como fue posible se casó con Kokua y la llevó a la Casa Resplandeciente en la ladera de la montaña.

Cuando los dos estaban juntos, el
corazón de Keawe se tranquilizaba; pero
tan pronto como se quedaba solo empeza-
ba a cavilar sobre su horrible situación, y
oía crepitar las llamas y veía el fuego
abrasador en el pozo sin fondo. Era cierto
que la muchacha se había entregado a él
por completo; su corazón latía más deprisa al verlo, y su mano buscaba siempre la

de Keawe, y estaba hecha de tal manera de la cabeza a los pies que nadie podía verla sin alegrarse. Kokua era afable por naturaleza. De sus labios salían siempre palabras cariñosas. Le gustaba mucho cantar y cuando recorría la Casa Resplandeciente gorjeando como los pájaros era ella el objeto más hermoso que había en los tres pisos. Keawe la contemplaba y la oía embelesado y luego iba a esconderse en un rincón y lloraba y gemía pensando en el precio que había pagado por ella; después tenía que secarse los ojos y lavarse la cara e ir a sentarse con ella en uno de los balcones, acompañándola en sus canciones y correspondiendo a sus sonrisas con el alma llena de angustia.

Pero llegó un día en que Kokua empezó a arrastrar los pies y sus canciones se hicieron menos frecuentes y ya no era sólo Keawe el que lloraba a solas, sino que los dos se retiraban a dos balcones situados en lados opuestos, con toda la anchura de la Casa Resplandeciente entre ellos. Keawe estaba tan hundido en la desesperación que apenas notó el cambio, alegrándose tan sólo de tener más horas de soledad durante las que cavilar sobre su destino y de no verse condenado con tanta frecuencia a ocultar un corazón enfermo bajo una cara sonriente Pero un día, andando por la casa sin hacer ruido, escuchó sollozos como de un niño y vio a Kokua moviendo la cabeza y llorando como los que están perdidos.

—Haces bien lamentándote en esta casa, Kokua —dijo Keawe—. Y, sin embargo, daría media vida para que pudieras ser feliz.

—¡Feliz! —exclamó ella—. Keawe, cuando vivías solo en la Casa Resplandeciente, toda la gente de la isla se hacía lenguas de tu felicidad; tu boca estaba siempre llena de risas y de canciones y tu rostro resplandecía como la aurora. Después te casaste con la pobre Kokua y el buen Dios sabrá qué es lo que le falta, pero desde aquel día no has vuelto a sonreír. ¿Qué es lo que me pasa? Creía ser bonita y sabía que amaba a mi marido. ¿Qué es lo que me pasa que arrojo esta nube sobre él?

—Pobre Kokua —dijo Keawe. Se sentó a su lado y trató de cogerle la mano; pero ella la apartó—. Pobre Kokua —dijo de nuevo—. ¡Pobre niñita mía! ¡Y yo que creía ahorrarte sufrimientos durante todo este tiempo! Pero lo sabrás todo. Así, al menos, te compadecerás del pobre Keawe; comprenderás lo mucho que te amaba cuando sepas que prefirió el infierno a perderte; y lo mucho que aún te ama, puesto que todavía es capaz de sonreír al contemplarte.

Y a continuación, le contó toda su historia desde el principio.

—¿Has hecho eso por mí? —exclamó Kokua—. Entonces, ¡qué me importa nada! —Y, abrazándole, se echó a llorar.

—¡Querida mía! —dijo Keawe—, sin embargo, cuando pienso en el fuego del infierno, ¡a mí sí que me importa!

—No digas eso —respondió ella—; ningún hombre puede condenarse por amar a Kokua si no ha cometido ninguna otra falta. Desde ahora te digo, Keawe, que te salvaré con estas manos o pereceré contigo. ¿Has dado tu alma por mi amor y crees que yo no moriría por salvarte?

—¡Querida mía! Aunque murieras cien veces, ¿cuál sería la diferencia? —exclamó él—. Serviría únicamente para que tuviera que esperar a solas el día de mi condenación.

—Tú no sabes nada —dijo ella—. Yo me eduqué en un colegio de Honolulu; no soy una chica corriente. Y desde ahora te digo que salvaré a mi amante. ¿No me has hablado de un centavo? ¿Ignoras que no todos los países tienen dinero americano? En Inglaterra existe una moneda que vale alrededor de medio centavo. ¡Qué lástima! —exclamó en seguida—; eso no lo hace mucho mejor, porque el que comprara la botella se condenaría y ¡no vamos a encontrar a nadie tan valiente como mi Keawe! Pero también está Francia; allí tienen una moneda a la que llaman céntimo y de esos se necesitan aproximadamente cinco para poder cambiarlos por un centavo.

No encontraremos nada mejor. Vámonos a las islas del Viento; salgamos para Tahití en el primer barco que zarpe. Allí tendremos cuatro céntimos, tres céntimos, dos céntimos y un céntimo: cuatro posibles ventas y nosotros dos para convencer a los compradores. ¡Vamos, Keawe mío! Bésame y no te preocupes más. Kokua te defenderá.

—¡Regalo de Dios! —exclamó Keawe—. ¡No creo que el Señor me castigue por desear algo tan bueno! Sea como tú dices; llévame donde quieras: pongo mi vida y mi salvación en tus manos.

Muy de mañana al día siguiente Kokua estaba ya haciendo sus preparativos. Buscó el baúl de marinero de Keawe; primero puso la botella en una esquina; luego colocó sus mejores ropas y los adornos más bonitos que había en la casa.

—Porque —dijo— si no parecemos gente rica, ¿quién va a creer en la botella? Durante todo el tiempo de los preparati-

vos estuvo tan alegre como un pájaro; sólo cuando miraba en dirección a Keawe
los ojos se le llenaban de lágrimas y tenía
que ir a besarlo. En cuanto a Keawe, se le
había quitado un gran peso de encima;
ahora que alguien compartía su secreto y
había vislumbrado una esperanza, parecía
un hombre distinto: caminaba otra vez
con paso ligero y respirar ya no era una
obligación penosa. El terror sin embargo
no andaba muy lejos; y de vez en cuando,
de la misma manera que el viento apaga
un cirio, la esperanza moría dentro de él y
veía otra vez agitarse las llamas y el fue-

go abrasador del infierno.

Anunciaron que iban a hacer un viaje de placer por los Estados Unidos: a todo el mundo le pareció una cosa extraña, pero más extraña les hubiera parecido la verdad si hubieran podido adivinarla. De manera que se trasladaron a Honolulu en el *hall* y de allí a San Francisco en el *Umatilla* con muchos *haoles;* y en San Francisco se embarcaron en el bergantín correo, el *Tropic Bird,* camino de Papeete, la ciudad francesa más importante de las islas del sur. Llegaron allí, después de un agradable viaje, cuando los vientos alisios soplaban suavemente, y vieron los arrecifes en los que van a estrellarse las olas, y Motuiti con sus palmeras, y cómo el bergantín se adentraba en el puerto, y las casas blancas de la ciudad a lo largo de la orilla entre árboles verdes, y, por encima, las montañas y las nubes de Tahití, la isla prudente.

Consideraron que lo más conveniente era alquilar una casa, y eligieron una situada frente a la del cónsul británico; se trataba de hacer gran ostentación de dinero y de que se les viera por todas partes bien provistos de coches y caballos. Todo esto resultaba fácil mientras tuvieran la botella en su poder, porque Kokua era más atrevida que Keawe y siempre que se le ocurría, llamaba al diablo para que le proporcionase veinte o cien dólares De esta forma pronto se hicieron notar en la ciudad; y los extranjeros procedentes de Hawái, y sus paseos a caballo y en coche, y los elegantes *holokus* y los delicados encajes de Kokua fueron tema de muchas conversaciones.

Se acostumbraron a la lengua de Tahití, que es en realidad semejante a la de Hawái, aunque con cambios en ciertas letras; y en cuanto estuvieron en condiciones de comunicarse, trataron de vender la botella. Hay que tener en cuenta que no era un tema fácil de abordar; no era fácil convencer a la gente de que hablaban en serio cuando les ofrecían por cuatro céntimos una fuente de salud y de inagotables riquezas. Era necesario además explicar los peligros de la botella; y, o bien los posibles compradores no creían nada en absoluto y se echaban a reír, o se percataban sobre todo de los aspectos más sombríos y, adoptando un aire muy solemne, se alejaban de Keawe y de Kokua, considerándolos personas en trato con el demonio. De manera que en lugar de hacer progresos, los esposos descubrieron al cabo de poco tiempo que todo el mundo les evitaba; los niños se alejaban de ellos corriendo y chillando, cosa que a Kokua le resultaba insoportable; los católicos hacían la señal de la cruz al pasar a su lado y todos los habitantes de la isla parecían estar de acuerdo en rechazar sus proposiciones.

Con el paso de los días se fueron sintiendo cada vez más deprimidos. Por la noche, cuando se sentaban en su nueva casa después del día agotador, no intercambiaban una sola palabra y si se rompía el silencio era porque Kokua no podía reprimir más sus sollozos. Algunas veces rezaban juntos; otras colocaban la botella en el suelo y se pasaban la velada contemplando los movimientos de la sombra en su interior. En tales ocasiones tenían miedo de irse a descansar. Tardaba mucho en llegarles el sueño y si uno de ellos se adormilaba, al despertarse hallaba al otro llorando silenciosamente en la oscuridad o descubría que estaba solo, porque el otro había huido de la casa y de la proximidad de la botella para pasear bajo los bananos en el jardín o para vagar por la playa a la luz de la luna.

Así fue como Kokua se despertó una noche y encontró que Keawe se había marchado. Tocó la cama y el otro lado del lecho estaba frío. Entonces se asustó, incorporándose. Un poco de luz de luna se filtraba entre las persianas. Había suficiente claridad en la habitación para distinguir la botella sobre el suelo. Afuera soplaba el viento y hacía gemir los grandes árboles de la avenida mientras las hojas secas batían en la veranda. En medio de todo esto Kokua tomó conciencia de otro sonido; difícilmente hubiera podido decir si se trataba de un animal o de un hombre, pero sí que era tan triste como la muerte y que le desgarraba el alma. Kokua se levantó sin hacer ruido, entreabrió la puerta y contempló el jardín iluminado por la luna. Allí, bajo los bananos, yacía Keawe con la boca pegada a la tierra y eran sus labios los que dejaban escapar aquellos gemidos.

La primera idea de Kokua fue ir corriendo a consolarlo; pero enseguida comprendió que no debía hacerlo. Keawe se había comportado ante su esposa como un hombre valiente; no estaba bien que ella se inmiscuyera en aquel momento de debilidad.

Ante este pensamiento Kokua retrocedió, volviendo otra vez al interior de la casa.

«¡Qué negligente he sido, Dios mío!», pensó. «¡Qué débil! Es él, y no yo, quien se enfrenta con la condenación eterna; la maldición recayó sobre su alma y no sobre la mía. Su preocupación por mi bien y su amor por una criatura tan poco digna y tan incapaz de ayudarle son las causas de que ahora vea tan cerca de sí las llamas del infierno y hasta huela el humo mientras yace ahí fuera, iluminado por la luna y azotado por el viento. ¿Soy tan torpe que hasta ahora nunca se me ha ocurrido considerar cuál es mi deber, o quizá viéndolo he preferido ignorarlo? Pero ahora, por fin, alzo mi alma en manos de mi afecto; ahora digo adiós a la blanca escalinata del paraíso y a los rostros de mis amigos que están allí esperando. ¡Amor por amor y que el mío sea capaz de igualar al de Keawe! ¡Alma por alma y que la mía perezca!»

Kokua era una mujer con gran destreza manual y en seguida estuvo preparada. Cogió el cambio, los preciosos céntimos que siempre tenían al alcance de la mano, porque es una moneda muy poco usada, y habían ido a aprovisionarse a una oficina del Gobierno.

Cuando Kokua avanzaba ya por la
avenida, el viento trajo unas nubes que
ocultaron la luna. La ciudad dormía y la

muchacha no sabía hacia dónde dirigirse hasta que oyó una tos que salía de debajo de un árbol.

—Buen hombre —dijo Kokua—, ¿qué hace usted aquí solo en una noche tan fría?

El anciano apenas podía expresarse a causa de la tos, pero Kokua logró enterarse de que era viejo y pobre y un extranjero en la isla.

—¿Me haría usted un favor? —dijo Kokua—. De extranjero a extranjera y de anciano a muchacha, ¿no querrá usted ayudar a una hija de Hawái?

—Ah —dijo el anciano—. Ya veo que eres la bruja de las Ocho Islas y que también quieres perder mi alma. Pero he oído hablar de ti y te aseguro que tu perversidad nada conseguirá contra mí.

—Siéntese aquí —le dijo Kokua—, y déjeme que le cuente una historia.

Y le contó la historia de Keawe desde el principio hasta el fin.

—Y yo soy su esposa —dijo Kokua al terminar—; la esposa que Keawe compró a cambio de su alma. ¿Qué debo hacer? Si fuera yo misma a comprar la botella, no aceptaría. Pero si va usted, se la dará gustosísimo; me quedaré aquí esperándole: usted la comprará por cuatro céntimos y yo se la volveré a comprar por tres. ¡Y que el Señor dé fortaleza a una pobre muchacha!

—Si trataras de engañarme —dijo el anciano—, creo que Dios te mataría.

—¡Sí que lo haría! —exclamó Kokua—. No le quepa duda. No podría ser tan malvada. Dios no lo consentiría.

—Dame los cuatro céntimos y espérame aquí —dijo el anciano.

Ahora bien, cuando Kokua se quedó sola en la calle todo su valor desapareció.

El viento rugía entre los árboles y a ella le parecía que las llamas del infierno estaban ya a punto de acometerla; las sombras se agitaban a la luz del farol, y le parecían las manos engarfiadas de los mensajeros del maligno. Si hubiera tenido fuerzas, habría echado a correr y de no faltarle el aliento habría gritado; pero fue incapaz de hacer nada y se quedó temblando en la avenida como una niñita muy asustada.

Luego vio al anciano que regresaba trayendo la botella.

—He hecho lo que me pediste —dijo

al llegar junto a ella—. Tu marido se ha quedado llorando como un niño; dormirá en paz el resto de la noche.

Y extendió la mano ofreciéndole la botella a Kokua.

—Antes de dármela —jadeó Kokua— aprovéchese también de lo bueno: pida verse libre de su tos.

—Soy muy viejo —replicó el otro—, y estoy demasiado cerca de la tumba para aceptar favores del demonio. Pero ¿qué sucede? ¿Por qué no coges la botella? ¿Acaso dudas?

—¡No, no dudo! —exclamó Kokua—.

Pero me faltan las fuerzas. Espere un momento. Es mi mano la que se resiste y mi carne la que se encoge en presencia de ese objeto maldito. ¡Un momento tan sólo!

El anciano miró a Kokua afectuosamente.

—¡Pobre niña! —dijo—; tienes miedo; tu alma te hace dudar. Bueno, me quedaré yo con ella. Soy viejo y nunca más conoceré la felicidad en este mundo, y, en cuanto al otro...

—¡Démela! —jadeó Kokua—. Aquí tiene su dinero. ¿Cree que soy tan vil como para eso? Deme la botella.

—Que Dios te bendiga, hija mía —

dijo el anciano.

Kokua ocultó la botella bajo su *ho-loku,* se despidió del anciano y echó a andar por la avenida sin preocuparse de saber en qué dirección. Porque ahora todos los caminos le daban lo mismo; todos la llevaban igualmente al infierno. Unas veces iba andando y otras corría; unas veces gritaba y otras se tumbaba en el polvo junto al camino y lloraba. Todo lo que había oído sobre el infierno le volvía ahora a la imaginación, contemplaba el brillo de las llamas, se asfixiaba con el acre olor del humo y sentía deshacerse su carne sobre los carbones encendidos.

Poco antes del amanecer consiguió serenarse y volver a casa. Keawe dormía igual que un niño, tal como el anciano le había asegurado. Kokua se detuvo a contemplar su rostro.

—Ahora, esposo mío —dijo—, te toca a ti dormir. Cuando despiertes podrás cantar y reír. Pero la pobre Kokua, que nunca quiso hacer mal a nadie, no volverá a dormir tranquila, ni a cantar ni a divertirse.

Después Kokua se tumbó en la cama

al lado de Keawe y su dolor era tan grande que cayó al instante en un sopor profundísimo.

Su esposo se despertó ya avanzada la mañana y le dio la buena noticia. Era como si la alegría lo hubiera trastornado, porque no se dio cuenta de la aflicción de Kokua, a pesar de lo mal que ella la disimulaba. Aunque las palabras se le atragantaran, no tenía importancia; Keawe se encargaba de decirlo todo. A la hora de comer no probó bocado, pero ¿quién iba a darse cuenta?, porque Keawe no dejó nada en su plato.

Kokua lo veía y le oía como si se tratara de un mal sueño; había veces en que se olvidaba o dudaba y se llevaba las manos a la frente; porque saberse condenada y escuchar a su marido hablando sin parar de aquella manera le resultaba demasiado monstruoso.

Mientras tanto Keawe comía y charlaba, hacía planes para su regreso a Hawaii, le daba las gracias a Kokua por haberlo salvado, la acariciaba y le decía que en realidad el milagro era obra suya. Luego Keawe empezó a reírse del viejo que había sido lo suficientemente estúpido como para comprar la botella.

—Parecía un anciano respetable —dijo Keawe—. Pero no se puede juzgar por las apariencias, porque ¿para qué necesitaría la botella ese viejo réprobo?

—Esposo mío —dijo Kokua humildemente—, su intención puede haber sido buena.

Keawe se echó a reír muy enfadado.

—¡Tonterías! —exclamó acto seguido—. Un viejo pícaro, te lo digo yo; y estúpido por añadidura. Ya era bien difícil vender la botella por cuatro céntimos, pero por tres será completamente imposible.

Apenas queda margen y todo el asunto empieza a oler a chamusquina... —dijo Keawe, estremeciéndose—. Es cierto que yo la compré por un centavo cuando no sabía que hubiera monedas de menos valor. Pero es absurdo hacer una cosa así; nunca aparecerá otro que haga lo mismo, y la persona que tenga ahora esa botella se la llevará consigo a la tumba.

—¿No es una cosa terrible, esposo mío dijo Kokua—, que la salvación propia signifique la condenación eterna de otra persona? Creo que yo no podría tomarlo a broma. Creo que me sentiría abatido y lleno de melancolía. Rezaría por el nuevo dueño de la botella.

Keawe se enfadó aún más al darse cuenta de la verdad que encerraban las palabras de Kokua.

—¡Tonterías! —exclamó—. Puedes sentirte llena de melancolía si así lo deseas. Pero no me parece que sea esa la actitud lógica de una buena esposa. Si pensaras un poco en mí, tendría que darte vergüenza.

Luego salió y Kokua se quedó sola.

¿Qué posibilidades tenía ella de vender la botella por dos céntimos? Kokua se daba cuenta de que no tenía ninguna. Y en el caso de que tuviera alguna, ahí estaba su marido empeñado en devolverla a toda prisa a un país donde no había ninguna moneda inferior al centavo. Y ahí estaba su marido abandonándola y recriminándola a la mañana siguiente después de su sacrificio.

Ni siquiera trató de aprovechar el tiempo que pudiera quedarle: se limitó a quedarse en casa, y unas veces sacaba la botella y la contemplaba con indecible horror y otras volvía a esconderla llena de aborrecimiento.

A la larga Keawe terminó por volver y la invitó a dar un paseo en coche.

—Estoy enferma, esposo mío —dijo ella—. No tengo ganas de nada. Perdóname, pero no me divertiría.

Esto hizo que Keawe se enfadara todavía más con ella, porque creía que le entristecía el destino del anciano, y consigo mismo, porque pensaba que Kokua tenía razón y se avergonzaba de ser tan feliz.

—¡Eso es lo que piensas de verdad —exclamó—, y ese es el afecto que me tienes! Tu marido acaba de verse a salvo de la condenación eterna a la que se arriesgó por tu amor y ¡tú no tienes ganas de nada! Kokua, tu corazón es un corazón desleal.

Keawe volvió a marcharse muy furioso y estuvo vagabundeando todo el día por la ciudad. Se encontró con unos amigos y estuvieron bebiendo juntos; luego alquilaron un coche para ir al campo y allí siguieron bebiendo.

Uno de los que bebían con Keawe era un brutal *haole* ya viejo que había sido contramaestre de un ballenero y también prófugo, buscador de oro y presidia-

rio en varias cárceles. Era un hombre ras-
trero; le gustaba beber y ver borrachos a
los demás; y se empeñaba en que Keawe
tomara una copa tras otra. Muy pronto, a
ninguno de ellos le quedaba más dinero.

—¡Eh, tú! —dijo el contramaestre—,
siempre estás diciendo que eres rico. Que
tienes una botella o alguna tontería parecida.

—Si —dijo Keawe—, soy rico; volveré a la ciudad y le pediré algo de dinero
a mi mujer, que es la que lo guarda.

—Ese no es un buen sistema, compañero —dijo el contramaestre—. Nunca

confíes tu dinero a una mujer. Son todas tan falsas como Judas; no la pierdas de vista.

Aquellas palabras impresionaron mucho a Keawe porque la bebida le había enturbiado el cerebro.

«No me extrañaría que fuera falsa», pensó. «¿Por qué tendría que entristecerle tanto mi liberación? Pero voy a demostrarle que a mí no se me engaña tan fácilmente. La pillaré *in fraganti*».

De manera que cuando regresaron a la ciudad, Keawe le pidió al contramaestre que le esperara en la esquina junto a la cárcel vieja, y él siguió solo por la avenida hasta la puerta de su casa. Era otra vez de noche; dentro había una luz, pero no se oía ningún ruido. Keawe dio la vuelta a la casa, abrió con mucho cuidado la puerta de atrás y miró dentro.

Kokua estaba sentada en el suelo con la lámpara a su lado; delante había una botella de color lechoso, con una panza muy redonda y un cuello muy largo; y mientras la contemplaba, Kokua se retorcía las manos.

Keawe se quedó mucho tiempo en la puerta, mirando. Al principio fue incapaz de reaccionar; luego tuvo miedo de que la venta no hubiera sido válida y de que la botella hubiera vuelto a sus manos como le sucediera en San Francisco; y al pensar en esto notó que se le doblaban las rodillas y los vapores del vino se esfumaron de su cabeza como la neblina desaparece de un río con los primeros rayos del sol.

Después se le ocurrió otra idea. Era una idea muy extraña e hizo que le ardieran las mejillas «Tengo que asegurarme de esto», pensó.

De manera que cerró la puerta, dio la vuelta a la casa y entró de nuevo haciendo mucho ruido, como si acabara de llegar. Pero cuando abrió la puerta principal ya no se veía la botella por ninguna parte; y Kokua estaba sentada en una silla y se sobresaltó como alguien que se despierta.

—He estado bebiendo y divirtiéndome todo el día —dijo Keawe—. He encontrado unos camaradas muy simpáticos y vengo sólo a por más dinero para seguir bebiendo y corriéndonos la gran juerga.

Tanto su rostro como su voz eran

tan severos como los de un juez, pero Kokua estaba demasiado preocupada para darse cuenta.

—Haces muy bien en usar de tu dinero, esposo mío —dijo ella con voz temblorosa.

—Ya sé que hago bien en todo —dijo Keawe, yendo directamente hacia el baúl y cogiendo el dinero. Pero también miró detrás, en el rincón donde guardaba la botella, pero la botella no estaba allí.

Entonces el baúl empezó a moverse como un alga marina y la casa a dilatarse como una espiral de humo, porque Keawe comprendió que estaba perdido, y que no le quedaba ninguna escapatoria. «Es lo que me temía», pensó; «es ella la que ha comprado la botella.»

Luego se recobró un poco, alzándose de nuevo; pero el sudor le corría por la cara tan abundante como si se tratara de gotas de lluvia y tan frío como si fuera agua de pozo.

—Kokua —dijo Keawe—, esta mañana me he enfadado contigo sin razón alguna.

Ahora voy otra vez a divertirme con mis compañeros —añadió, riendo sin mucho entusiasmo—. Pero sé que lo pasaré mejor si me perdonas antes de marcharme.

Un momento después Kokua estaba agarrada a sus rodillas y se las besaba mientras ríos de lágrimas corrían por sus mejillas.

—¡Sólo quería que me dijeras una palabra amable! —exclamó ella.

—Ojalá que nunca volvamos a pensar mal el uno del otro —dijo Keawe; acto seguido volvió a marcharse.

Keawe no había cogido más dinero

que parte de la provisión de monedas de un céntimo que consiguieran nada más llegar. Sabía muy bien que no tenía ningún deseo de seguir bebiendo. Puesto que su mujer había dado su alma por él, Keawe tenía ahora que dar la suya por Kokua; no era posible pensar en otra cosa.

En la esquina, junto a la cárcel vieja, le esperaba el contramaestre.

—Mi mujer tiene la botella —dijo Keawe—, y si no me ayudas a recuperarla, se habrán acabado el dinero y la bebida por esta noche.

—¿No querrás decirme que esa historia de la botella va en serio? —exclamó el contramaestre.

—Pongámonos bajo el farol —dijo Keawe—. ¿Tengo aspecto de estar bromeando?

—Debe de ser cierto —dijo el contramaestre—, porque estás tan serio como si vinieras de un entierro.

—Escúchame, entonces —dijo Keawe—; aquí tienes dos céntimos; entra en la casa y ofréceselos a mi mujer por la botella, y (si no estoy equivocado) te la entregará inmediatamente. Tráemela aquí y yo te la volveré a comprar por un cén-

timo; porque tal es la ley con esa botella:
es preciso venderla por una suma inferior
a la de la compra. Pero en cualquier caso
no le digas una palabra de que soy yo
quien te envía.

—Compañero, ¿no te estarás burlan-
do de mí? —quiso saber el contramaestre.

—Nada malo te sucedería aunque
fuera así —respondió Keawe.

—Tienes razón, compañero —dijo el
contramaestre.

—Y si dudas de mí —añadió Keawe— puedes hacer la prueba. Tan pronto
como salgas de la casa, no tienes más que

desear que se te llene el bolsillo de dinero, o una botella del mejor ron o cualquier otra cosa que se te ocurra y comprobarás en seguida el poder de la botella.

—Muy bien, *kanaka* —dijo el contramaestre—. Haré la prueba; pero si te estás divirtiendo a costa mía, te aseguro que yo me divertiré después a la tuya con una barra de hierro.

De manera que el ballenero se alejó por la avenida; y Keawe se quedó esperándolo.

Era muy cerca del sitio donde Kokua había esperado la noche anterior; pero Keawe estaba más decidido y no tuvo un solo momento de vacilación; sólo su alma estaba llena del amargor de la desesperación.

Le pareció que llevaba ya mucho rato esperando cuando oyó que alguien se acercaba, cantando por la avenida todavía a oscuras. Reconoció en seguida la voz del contramaestre; pero era extraño que repentinamente diera la impresión de estar mucho más borracho que antes.

El contramaestre en persona apareció poco después, tambaleándose, bajo la luz del farol. Llevaba la botella del diablo dentro de la chaqueta y otra botella en la mano; y aún tuvo tiempo de llevársela a la boca y echar un trago mientras cruzaba el círculo iluminado.

—Ya veo que la has conseguido— dijo Keawe.

—¡Quietas las manos! —gritó el contramaestre, dando un salto hacia atrás—.

Si te acercas un paso más te parto la boca. Creías que ibas a poder utilizarme, ¿no es cierto?

—¿Qué significa esto? —exclamó Keawe.

—¿Qué significa? —repitió el contramaestre—. Que esta botella es una cosa extraordinaria, ya lo creo que sí; eso es lo que significa. Cómo la he conseguido por dos céntimos es algo que no sabría explicar; pero sí estoy seguro de que no te la voy a dar por uno.

—¿Quieres decir que no la vendes? —jadeó Keawe.

—¡Claro que no! —exclamó el contramaestre—. Pero te dejaré echar un trago de ron, si quieres.

—Has de saber —dijo Keawe— que el hombre que tiene esa botella terminará en el infierno.

—Calculo que voy a ir a parar allí de todas formas —replicó el marinero—; y esta botella es la mejor compañía que he encontrado para ese viaje. ¡No, señor! —exclamó de nuevo—; esta botella es mía ahora y ya puedes ir buscándote otra.

—¿Es posible que sea verdad todo esto? —exclamó Keawe—. ¡Por tu propio bien, te lo ruego, véndemela!

—No me importa nada lo que digas —replicó el contramaestre—. Me tomaste por tonto y ya ves que no lo soy; eso es todo. Si no quieres un trago de ron me lo tomaré yo. ¡A tu salud y que pases buena noche!

Y acto seguido continuó andando, camino de la ciudad; y con él también la botella desaparece de esta historia.

Pero Keawe corrió a reunirse con Kokua con la velocidad del viento; y grande fue su alegría aquella noche; y grande, desde entonces, ha sido la paz que colma todos sus días en la Casa Resplandeciente.

Apia, Upolu, Islas de Samoa, 1889.

Libros Mablaz

Narrativa — Relatos

/www.librosmablaz.com/